딸/아들 _____가

어머니 _____에게

_____년 ____월 ____일에 선물로 드렸고,

_____년 ____월 ____일에 어머니가 기록한 후

다시 돌려주셨습니다.

The
Mother's
Book

마더북

MAM, VERTEL EENS ("Tell me, Mom" - The Mother's Book)

by Elma van Vliet

마더북

어머니의 삶을 기록하면 가장 소중한 책이 된다

The
Mother's
Book

반비

책을 돌려받은 모든 자녀분들에게

어머니의 이야기를 기쁘게 읽으시기를!
이 이야기가 놀라운 여행의 첫 발자국이 되기를 기원합니다.
어머니의 과거와 현재, 어머니의 꿈을 찾아서 떠나는 여행은,
여러분들에게도 큰 의미가 있을 것입니다!

엘마 판 플리트 *Elma van Vliet*

이 책은 제목 그대로 '어머니의 책'입니다. 어머님이 크게 아프셨던 2004년에 제가 제 어머니를 위해 구상하고 만들었던 책입니다. 그제야 어머니에게 아직도 듣지 못한 이야기, 더 듣고 싶은 이야기가 너무나 많다는 사실을 깨달았습니다. 어머니가 어떤 사람이었는지, 살면서 어떤 크고 작은 꿈과 소망을 간직해왔는지 알고 싶어졌습니다.

책을 출간하고 난 지금, 이런 종류의 물음에 갈증을 느낀 것이 저 혼자만은 아니었다는 사실을 확실히 알게 되었습니다. 『마더북』은 지난 15년 동안 너무나 아름답고 재미있고 감동적인 이야기들을 선사해주었습니다. 어머니들과 딸들이 함께 이 책을 완성해가면서 얼마나 놀라운 경험을 했는지 이야기해줄 때마다, 아들들이 이 책을 읽으면서 전혀 몰랐던 새로운 사실들을 알게 되었다고 이야기해줄 때마다 보람을 느꼈습니다. 이 책은 사람들과 사람들 사이의 관계를 진짜로 변화시켜왔습니다. 그 점이 이 책의 특별함이라고 생각합니다.

어머니가 이 책을 받은 것은, 어머니가 그 사람에게 너무나 소중하다는 의미입니다. 그 사실을 마음에 꼭 품고, 이 책의 질문들에 답을 하는 모든 순간들을 기꺼이 즐기시기를 바랍니다. 글을 써내려가면서 삶의 모든 아름다웠던 순간들을 다시 한 번 경험할 수 있기를 바랍니다. 그리고 이 책이 어떤 이야기책보다 흥미로운 대화의 시작이 되기를 바랍니다. 작고 사소한 주제에 관한 이야기들이 더 어렵고 중요한 문제들에 대해서도 터놓고 이야기할 수 있는 계기를 만들어 주기를 바랍니다.

저의 꿈은 세상의 모든 어머니들이 이 책을 완성하는 것입니다. 그렇게 해서 자녀들에게 소중한 무엇인가를 남겨주는 것입니다. 오래 지속되는 것, 영원한 것을 물려주는 것입니다. 통상 선물이란 되돌려주는 것이 아닙니다. 하지만 이 책은 예외입니다. 꼭 되돌려주시기 바랍니다. 이 책을 완성해서 당신에게 이 책을 준 그 사람에게 꼭 돌려주는 것이 이 책의 유일한 규칙입니다.

사랑을 담아

엘마 판 플리트 *Elma van Vliet*

이 책의 사용법

1. 자녀가 책을 사서 어머니께 드립니다.
2. 어머니가 첫 장부터 기억나는 대로 써내려 가셔도 좋고 자녀가
   어머니의 이야기를 듣고 인터뷰 형태로 받아 적어도 좋습니다.
3. 어머니가 혼자서 쓰시는 경우는 처음에 기억나는 이야기를 먼저 쓰고,
   이후에 서너 번에 걸쳐 추가로 기억나는 이야기들을 쓰는 것이
   좋습니다. 처음에는 기억나지 않던 일도 조금씩 조금씩 되살아나는
   놀라운 경험을 하실 겁니다. 자녀가 인터뷰 형태로 어머니의 이야기를
   받아 적는 경우에도 한 번에 모든 질문에 대한 답을 적으려고 하지
   마시고, 정기적으로 약속을 잡아서 함께 작업을 하는 것이 좋습니다.
4. 어머니의 사진이 많지 않다면 어머니가 그림을 그려보시는 것도
   좋습니다. 고향의 풍경, 어려서 살던 집의 모양, 방의 구조, 아끼던
   물건, 친구들의 모습, 결혼식 당시의 풍경…… 그림을 잘 그리지 못하는
   분들이라도 이것저것 그려가다 보면 또 마음속 깊이 파묻혀 있던
   기억이 떠오를 것입니다.

5. 본문 중 '나'는 이 책을 선물한 자녀, '어머니'는 이 책을 기록하는 어머니를 말합니다. '나'를 기준으로 '할머니', '할아버지'는 어머니의 부모님을 말합니다. 또 각 부의 말미에 들어가는 '나에 관한 이야기'는 자녀인 '나'에 관한 어머니의 추억을 담는 공간입니다.

6. 글을 길게 쓰실 필요는 없습니다. 짧게 쓰셔도 괜찮습니다.

7. 가능하면 유성펜을 사용해주세요. 이 책은 아주 오래, 어머니들보다도 오래, 자녀분들보다도 오래 살아남을 것입니다.

8. 책이 완성되면 자녀의 생일, 혹은 다른 특별한 날에 맞추어서 다시 자녀에게 돌려주세요.

9. 자녀들은 어머니가 공들여 써내려 가셨다는 점을 기억하면서 찬찬히 책을 읽어봅니다. 그러면 또 다른 질문들이 떠오를 것입니다. 그 질문들에 대해 어머니와 함께 다시 이야기해보세요.

10. 어머니의 삶이 담긴 이 책을 소중한 보물처럼 다루어주세요. 너무 많은 사람들과 함께 나누어보기보다는 어머니와 나 사이의 비밀 이야기처럼 간직해주세요. 어머니를 이해하고 느끼고 용서하고 사랑하는 시간이 되기를 바랍니다!

차 례

책을 돌려받은 모든 자녀분들에게

이 책을 선물받은, 써내려 갈 어머니들께

이 책의 사용법

1부

엄마가
아이였을 때

어떤 질문부터 시작해야 할까요?
한 사람을 주조해내는 가장 기초적인 환경인
가족이야말로 좋은 출발점이 될 것입니다.
어머니의 어머니, 아버지, 그리고 형제와 자매의 이야기를
들려주세요. 그들이 어떻게 어머니가 태어났을 때부터
어머니와 함께 호흡하고 함께 생활하며 어머니의 가장
사소한 습관, 취향, 식성에 영향을 미쳤는지 궁금합니다.
어머니가 어떻게 태어나 어떻게 자랐는지 가장 오래된
기억까지 거슬러 올라가 이야기를 들려주세요.

#어머니의 어머니   #어머니의 아버지   #형제와 자매   #친척   #이웃

#유년 시절의 집   #유년 시절의 음식   #장난감   #놀이

유년기에
대하여

언제 어디서 태어나셨나요?

....

....

고향에 대해서
들려주세요.

이름이 한자로 무엇인가요? 무슨 뜻인가요?

누가
지어주셨나요?

별명이나 아명,
태명이 있었나요?

어머니가 태어날 때 누군가 태몽을 꾸셨나요? 어떤 꿈인가요?

어떤 아이였나요? 조용한 아이였나요, 활발한 아이였나요?

어린 시절 가장 중요한 사람들은 누구였나요?

어린 시절 소중하게 여겼던 물건이 있나요? 왜 소중했나요?

좋아하는 장난감은 무엇이었나요?

어떤 놀이를 가장 좋아했나요?

집 안에서 놀기를
좋아했나요?

밖에서 놀기를
좋아했나요?

같이 놀았던 친구들은 누구였나요? 단짝친구가 있었나요?

아이 때 크게 아픈 적이 있었나요?

병원에 입원한
적도 있나요?
기억이 나는
장면이 있나요?

1년 중 가장 좋아했던 날은 언제인가요? 왜 좋아했나요?

....

....

....

....

....

1년 중 가장
좋아했던 달은
언제인가요?

더 남기고 싶은
기억들, 이야기들

할머니와
할아버지에
대하어 *

* 이 장에서 할머니, 할아버지는 어머니의 부모님을 말합니다.
증조할머니, 증조할아버지는 어머니의 조부모님을 말합니다.

나의 할머니와 할아버지(어머니의 부모님)의 존함과 생년을 알려주세요.

할머니와 할아버지의 고향은 어디인가요?

나의 증조할머니와 증조할아버지(어머니의 조부모님)의 고향은 어디인가요?

외가의 경우

친가의 경우

어머니가 태어났을 때 증조할머니와 증조할아버지(어머니의 조부모님)가

살아 계셨나요? 자라면서 그분들을 자주 뵈었나요?

증조할머니와
증조할아버지에
대해서 기억나는
대로 써주세요.

친척들과 관계는 어땠나요? 왕래가 잦았나요?

누구와 가장
가까웠나요?
왜 그랬나요?

할머니와 할아버지(어머니의 부모님)는 친척들 사이에서 존경받고 사랑받는

분들이었나요?

친척들 중에 특히 말썽을 부리는 사람이 있었나요?

할머니와 할아버지는 어떤 일을 하셨나요?

할머니와 할아버지의 관계는 어떠셨나요?

어머니와 할머니, 할아버지의 관계는 어떠셨나요?

할머니, 할아버지는 종교가 있었나요?

할머니, 할아버지는 무엇을 가장 중요하게 여기는 분들이셨나요?

어머니는 할머니를 닮으셨나요, 할아버지를 닮으셨나요?

할머니, 할아버지가 어머니에게 가르쳐주신 가장 중요한 교훈은 무엇인가요?

할머니, 할아버지와 각각 어떻게 시간을 함께 보내고 주로 무슨 이야기를

나누셨나요?

가장 기억에
남는 이야기를
들려주세요.

할머니는 어머니에게 어떤 어머니셨나요?

할머니에 대한
소중한 기억을
나누어주세요.

할아버지는 어머니에게 어떤 아버지셨나요?

할아버지에 대한
소중한 기억을
나누어주세요.

할머니, 할아버지에게 가장 서운했던 점은 무엇인가요?

살아 계신, 고향에 계신, 혹은 돌아가신 할머니, 할아버지께 하고 싶은 말이

있다면 적어주세요.

가족과 이웃에
대하여

할머니, 할아버지는 자녀를 몇 명이나 낳으셨나요?

삼촌과 이모, 고모들(어머니의 형제자매들)의 이름과 생년월일을 모두

알려주세요. (어머니의 삼촌, 이모, 고모가 아니라 '나'의 삼촌, 이모, 고모입니다.)

삼촌과 이모들(어머니의 형제자매들) 중에서 누구와 가장 가까웠나요?

애완동물을 기른 적이 있나요?

....

....

....

....

....

....

....

가족의 분위기는 어땠나요?

....

....

....

....

....

....

....

....

집안일을 많이 도우셨나요? 어떤 일을 도우셨나요?

가족이 함께하는 일들은 어떤 것이었나요?

어떤 집에 사셨나요?

이사를 많이
하셨나요?

가장 기억에
남는 집은 어떤
집인가요?

어머니만의 방을 가진 적이 있나요?

어머니 방은
어떻게
생겼었나요?

유년기를 보낸 집에서 가장 기억에 남는 물건은 무엇인가요?

이웃들은 어떤 사람들이었나요?

이웃을 잘
알았나요?
이웃과 사이가
좋았나요?

생일은 어떻게 보내셨나요?

가장
기억에 남는
생일선물은
무엇인가요?

좋아하는 음식은 무엇이었나요?

싫어하는 음식은 무엇이었나요?

할머니가 즐겨 하시던 요리가 있었나요? 그 조리법을 아시나요?

명절은 어떻게 보내셨나요?

가족과 함께 여행을 가신 적이 있나요? 어디로 가셨었나요?

가장 기억에
남는 여행이
있나요?

가족 구성원들이 사이가 좋았나요?

가족 중 서로
특별히 사이가
좋거나 나쁜
구성원들이
있었나요?

가족으로서 함께 겪어야 했던 가장 큰 어려움은 무엇이었나요?

그 밖에 가족에 대한 특별한 추억이 있다면 이야기해주세요.

나에 관한
이야기 *

* 여기서 '나'는 어머니가 아니라
어머니에게 이 책을 선물한 자녀를 말합니다.

나는 어려서 어떤 아이였나요?

내가 어머니를
더 닮았나요,
아버지를 더
닮았나요?

나를 부르는 애칭이 있었나요?

내가 아이였을 때 어떤 점이 가장 좋았나요?

내가 어려서 좋아한 음식과 싫어한 음식은 무엇인가요?

어려서 내 생일은 보통 어떻게 보냈나요?

내가 할머니나 할아버지를 떠올리게 만드는 면이 있나요?

내가 자라면서 어머니를 닮아가는 면이 있었나요?

사진과 그림을
위한 페이지

더 남기고 싶은
기억들, 이야기들

2부

성장, 어른이
된다는 것

어머니의 초등학생, 청소년 시절을 떠올려봅니다.

장난을 좋아하는 말괄량이였을지,

공부의 즐거움을 아는 우등생이었을지,

학교는 생각조차 하기 어려운 처지였을지

저는 상상도 할 수가 없네요.

어머니도 저처럼 질풍노도의 사춘기를 보내셨을까요?

앳된 어머니가 가슴에 품었을 예쁘고 찬란한 꿈이 궁금합니다.

#학교 #선생님 #친구들 #단짝친구 #사춘기

#공부 #꿈 #유행 #용돈 #일 #직업

배움과 학교에 대하여

초등학교를 다니셨나요? 어떤 초등학교였나요?

학교까지 어떻게
통학하셨나요?

기억에 남는 좋은 선생님이 있나요?

그 선생님이 왜
기억에 남았나요?

싫어했던 선생님이 있나요?

모범생이었나요, 말썽꾸러기였나요? 아니면 조용한 아이였나요?

초등학생 때의 꿈은 무엇이었나요?

초등학교 시절 가장 친했던 친구들은 누구였나요?

그 시절 친구들과
아직도 연락을
하고 지내시나요?

학교가 끝나면 어떻게 시간을 보내셨나요?

학교 생활을 하면서 칭찬을 받은 적이 있나요? 어떤 칭찬이었나요?

초등학교 시절 학교에서 일어난 가장 웃긴 일은 무엇이었나요?

수업을 빼먹은 적은 없나요? 그것 때문에 혼난 적이 있나요?

초등학교에서 가장 좋아했던 과목은 무엇인가요?

초등학교에서 가장 싫어했던 과목은 무엇인가요?

중학교와 고등학교를 다니셨나요? 대학교를 다니셨나요?

공부를 더 하고
싶으셨나요?
할머니,
할아버지가
교육열이
높으셨나요?

공부하고 배우는 것이 적성에 잘 맞았나요? 아니면 뛰어 노는 것이 더
좋으셨나요?

옛 동창생들과 만나는 자리를 만든다면, 꼭 초대하고 싶은 사람은 누구인가요?

더 남기고 싶은
기억들, 이야기들

청소년기에
대하여

어머니의 청소년기는 어땠나요? 유년 시절과는 많이 달랐나요?

사춘기를
겪으셨나요?

사회적인 문제나 세상 돌아가는 일에 관심이 있었나요? 언제 그런 것에 눈을

뜨게 되었나요?

어머니가 자랄 때 가장 중요한 역사적인 사건은 무엇이었나요? (198쪽의

질문과는 다른 것입니다. 어머니가 어렸을 적에, 성인이 되기 전에 겪은 역사적인

사건에 대해서 이야기해주세요.)

인터넷이나
책 등을
참조해서 기억을
보충하셔도
됩니다.

어떤 옷을 입고 다녔나요? 당시 어떤 스타일의 옷이 유행했나요?

동아리 활동을 했나요?

청소년기의 꿈은 무엇이었나요? 특별한 목표가 있었나요?

존경하던 사람이나 롤모델이 있었나요?

운동이나 악기 연주, 수집 같은 취미가 있었나요?

좋아하는 가수나 밴드, 배우가 있었나요?

더 남기고 싶은
기억들, 이야기들

경제적인 자립에
대하여

용돈을 받으셨나요? 아니면 일을 하셨나요?

한 달에
용돈은 얼마나
쓰셨나요?

용돈으로
무엇을 했나요?

첫 번째 직업은 무엇이었나요?

몇 살 때 본격적으로 처음 일을 시작하셨나요?

첫 월급이 얼마였나요? 그 돈으로 무엇을 하셨나요?

그 이후로는 어떤 일들을 하셨나요?

어떤 일이 가장 잘 맞고 재미있으셨나요?

나이가 들면서 돈에 대한 생각이 어떻게 바뀌셨나요?

학업과 직업에 관해서 나에게 가장 들려주고 싶으신 이야기가 있다면

무엇일까요?

더 남기고 싶은
기억들, 이야기들

나에 관한
이야기

처음으로 내가 학교에 간 날, 내가 어떤 반응을 보였는지 기억나세요?

어머니가 보기에 나는 학교에 적응을 잘하는 아이였나요?

내가 어려서 특별히 잘 부르던 노래가 있었나요?

_____

_____

_____

_____

_____

_____

_____

내가 어른이 되면 어떤 사람이 되고 싶다고 했었나요?

_____

_____

_____

_____

_____

_____

_____

나는 어떤 청소년이었나요?

사춘기 시절에
나는 어머니를
어떻게 힘들게
했나요?

청소년 시절의 내가 어머니를 가장 기쁘게 해드린 것은 언제인가요?

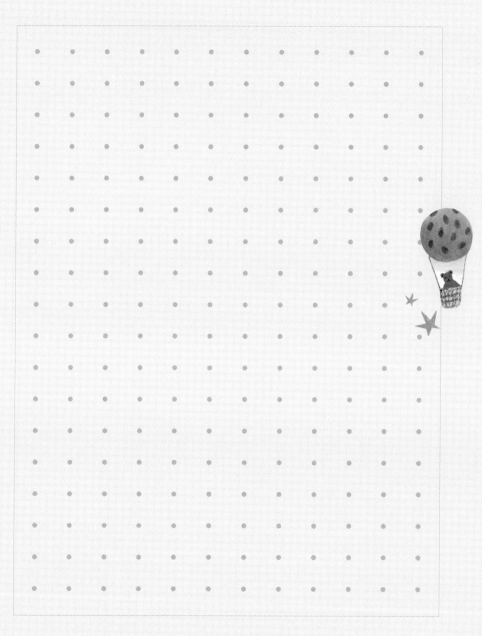

사진과 그림을
위한 페이지

더 남기고 싶은
기억들, 이야기들

3부

사랑과
모성

가끔 어머니의 오래된 사진첩을 뒤적여볼 때
환한 표정으로 힘껏 웃는 낯선 여성의 얼굴과 마주하게 됩니다.
처음 사랑을 하고 아픈 이별도 하는, 반짝반짝 빛나던 시절의
어머니 이야기가 궁금합니다. 아버지를 처음 만났을 때 두 분
사이에 오가던 이야기, 떨림, 두려움 같은 것이 기억나시나요?
그 결혼은 어머니를 행복하게 해주었을까요?
제가 아기였을 때 어머니의 일상은 어땠을까요?
아이를 키운다는 일이 젊은 어머니에게 어렵고 무거운 일은
아니었나요? 내가 어머니의 삶을 많이 바꾸었나요?

#연애 #첫사랑 #이별 #결혼
#임신과 출산 #아이를 키운다는 것

사랑에
대하여

첫사랑이 기억나시나요? 언제 어떻게 만났나요?

....

....

....

....

....

....

....

....

....

남자아이들과 이야기하는 게 편안하고 자연스러웠나요? 어색했나요?

처음으로 진지하게 연애를 한 것은 언제인가요?

연애를 많이
하셨나요? 특별히
기억에 남는
사람이 있나요?

이별로 힘들어했던 적이 있나요?

어떻게
극복하셨나요?

엄마가 특별한 사람이라는 걸, 가장 위트 있게 표현한 사람이 누구였나요?

아버지는 언제, 어떻게 만나셨나요? 첫눈에 마음에 드셨나요?

아버지와의 첫 데이트는 어땠나요?

많이 설레던가요?
별로 내키지
않았나요?

언제 어떻게 아버지와 진지한 관계로 발전하게 되었나요?

....

....

....

....

....

....

....

아버지의 어떤 점이 가장 마음에 드셨나요?

....

....

....

....

....

....

....

아버지의 어떤 점이 다소 걱정스러우셨나요?

할머니와 할아버지는 아버지에 대해서 어떻게 생각하셨나요? 어머니의 선택을
존중해주셨나요?

결혼과 출산에 대하여

둘 중 누가 청혼했나요? 청혼하거나 받았던 날에 대해 자세히 들려주세요.

결혼식 풍경을 묘사해주세요.

아버지와 함께해온 세월이 얼마나 되나요?

부부로서 건강한 관계를 지속하기 위해서 어떻게 해야 할까요?

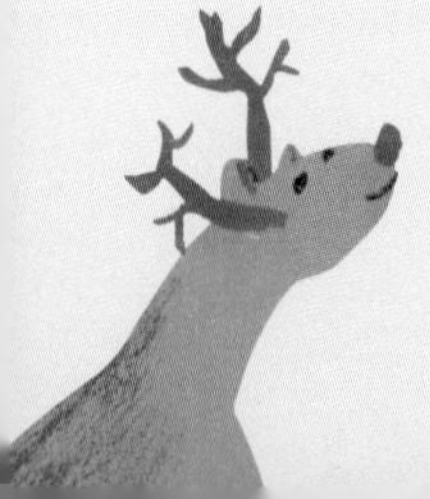

결혼생활 중 가장 큰 고비는 무엇이었나요?

아이를 낳고 기르고 싶다는 생각은 언제부터 하셨나요?

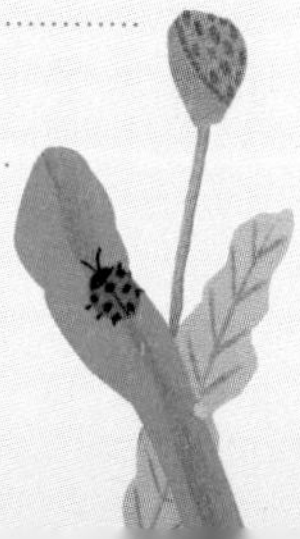

나를 임신했다는 사실을 어떻게 알게 되셨나요?

어떤
기분이었나요?

아버지가 임신과 출산에서 어떤 역할을 하셨나요?

··

··

··

··

··

··

아버지가 특별히   ··
준비하신 것이
있나요?   ··

··

··

··

··

··

나를 어떻게 키울지, 어떤 사람으로 키울지, 두 분이 함께 상의를 하신 적이

있나요?

아기가 딸일지 아들일지 미리 아셨나요?

임신기에 정신적이거나 육체적으로 어려움은 없었나요?

임신기에 특별히
소중한 추억이
있나요?

아이를 임신하고 출산하면서 할머니, 할아버지(어머니의 부모님)와의 관계가

바뀌었나요?

나를 어디서 낳으셨나요? 예정된 날짜에 나왔나요? 출산의 순간을 기억나는

대로 써주세요.

아이를 낳은 뒤 주변 사람들과의 관계가 어떻게 바뀌었나요? 중요한 사람들이

바뀌었나요?

나를 낳고 나서 어머니의 삶은 어떻게 바뀌었나요?

아이를 키운 경험을 통해 어머니의 성격이나 취향이 바뀌게 되었나요?

구체적으로
어떻게
바뀌었나요?

엄마가 되고 나서 가장 좋은 점과 가장 나쁜 점은 각각 무엇이었나요?

더 남기고 싶은
기억들, 이야기들

나에 관한
이야기

나의 이성친구 중에 특히 어머니 기억에 남는 사람이 있나요? 어떤 점이 기억에

남나요?

어머니가 보시기에 내가 새로운 연애를 할 때마다 성격이나 생활 습관이

바뀌었나요?

아이를 키우는 일에 관해 나에게 꼭 당부하고 싶은 것은 무엇인가요?

나를 다시 키우신다면, 다르게 해보고 싶은 것이 있나요?

나를 키우신 방식들, 나에게 가르쳐주신 방식들 중에 가장 보람 있는 것은

무엇인가요?

내가 다 자라서 성인이 되었을 때 어떤 점이 제일 좋으셨나요?

더 남기고 싶은
기억들, 이야기들

4부

개인으로서의
삶

한 개인으로서 어머니가 어떤 사람이었을지
생각해본 적이 거의 없습니다. 어머니가 새처럼
자유로웠을 시절, 친구들과 주말마다 어디로 놀러가셨을지,
무슨 책을 좋아하고 어떤 문장에 밑줄을 그으셨을지,
어떤 음악이나 영화에 열광하셨을지
어머니조차 지금은 흐릿해졌을 기억들, 수많은 이야기들이
궁금해졌습니다. 어머니의 삶에서 아름답고 소중한 것이
무엇인지 찬찬히 들려주세요.

#취향   #취미   #주말   #여가   #외출   #여행

#어머니가 좋아하는 것   #어머니를 즐겁게 하는 것

좋아하는 것들에
대하여

몇 살 때부터 혼자 외출해서 놀러다니기 시작하셨나요?

젊은 시절 외출해서 시간을 보낼 때 가장 즐거운 것은 무엇이었나요?

어떤 친구들과
다니셨나요?

독서를 좋아하셨나요? 주로 어떤 책을 읽으셨나요?

지금도
좋아하시나요?

극장에서 제일 처음으로 본 영화가 무엇이었나요?

어디서 누구와
함께 보았나요?

가장 좋아하는 영화는 무엇인가요?

가장 좋아하는 TV 프로그램은 무엇인가요?

현재 가장 좋아하는 식당 혹은 이전부터 즐겨 찾던 식당이 있나요?

그 외에 주말이나 여가 시간엔 무엇을 하셨나요?

가장 좋아하는 음식은 무엇인가요?

혹시 조리법을
알려주실 수
있나요?

사진과 그림을
위한 페이지

더 남기고 싶은
기억들, 이야기들

여행에
대하여

즐겨 찾는 여행지는 어디인가요?

여행지에 가면 집에서 가장 그리운 것은 무엇인가요?

평생 기억에 남는 최고의 여행은 무엇인가요?

평생 기억에 남는 최악의 여행은 무엇인가요?

꼭 가봐야 할 여행지로 추천해주고 싶은 곳은 어디인가요?

울적할 때 가장 위로가 되는 것은 무엇일까요?

어머니의 삶에서 가장 아름답고 소중한 것은 무엇이라고 생각하세요?

복권에 당첨된다면 무엇을 하고 싶으세요?

더 남기고 싶은
기억들, 이야기들

나에 관한
이야기

우리가 함께 간 첫 여행은 어땠나요? 어디로 어떤 사람들과 함께 간

여행이었나요?

어머니는 내가 어릴 적에 책을 읽어주셨나요? 무슨 책을 처음 사주셨나요?

내가 특별히 좋아했던 책(혹은 이야기)은 무엇인가요?

내가 꼭 읽어야 할 책, 꼭 들어야 할 음악, 그 밖에 꼭 해봐야 할 것으로 추천할

만한 것이 있나요?

나와 특별히 해보고 싶은 일이 있나요?

더 남기고 싶은
기억들, 이야기들

5부

중년
이후의 삶

어느덧 질문의 마지막 파트가 되었네요.

제가 가장 잘 기억하고 있는 지금의 어머니지만

그래도 깜짝 놀랄 만한 의외의 모습들이 있겠지요?

아이를 키우고, 독립시키고, 다시 홀홀 한 개인으로서의 삶을

사시는 어머니에게 묻고 싶은 것, 궁금한 것이 많습니다.

나이 든다는 것이 무엇인지, 어떻게 사는 것이 행복한 삶인지

어머니이자 인생 선배인 당신에게 여쭤보고 싶습니다.

#소원   #역사   #행복   #중년   #나이 든다는 것

#선택   #후회   #어머니와 나의 추억   #더 들려주고 싶은 이야기

추억과 역사에
대하여

소원이 이루어진 적이 있나요?
....

....

어떤 소원들을
가지고
있었나요?

그동안 이룬 일들 중에서 가장 자랑스러웠던 것은 무엇인가요?

살면서 겪은 가장 웃겼던 일은 무엇인가요?

어머니가 평생 내렸던 결정 중에서 최고의 결정은 무엇인가요?

결과적으로 가장
만족스러운 것은
무엇인가요?

살면서 어떤 장애물을 만나셨나요?

어떻게
극복하셨나요?

어머니가 했던 선택 중에서 후회되시는 것이 있나요?

혹시 타임머신을 탈 수 있다면, 삶의 어떤 순간으로 다시 돌아가 어떤 경험을
해보고 싶으신가요?

어머니 평생 직접 겪은 역사적으로 가장 중요한 사건은 무엇인가요? (92쪽의
질문은 어머니의 유년기와 청소년기에 겪었던 역사적 사건에 대한 질문입니다.)

역사적인 인물 중에 누구를 가장 존경하시나요?

살면서 가장 빚을 많이 진 사람은 누구인가요? 은혜를 갚아야 할 사람이

있다면 누구일까요?

살아오면서 이별한 사람들 중에서 가장 기억에 남는 사람은 누구인가요?

그 이별을 어떻게
극복하셨나요?

과거의 어머니와 현재의 어머니 사이에 가장 큰 차이는 무엇인가요?

더 남기고 싶은
기억들, 이야기들

가치와 소망에
대하여

살아보니 삶에서 가장 중요한 것은 무엇이던가요?

가정은 어머니에게 어떤 의미인가요?

집에서 어머니가 가장 좋아하는 장소는 어디인가요?

어머니에게 가장 큰 영감을 준 사람은 누구인가요? 가장 긍정적인 영향을 준

사람은 누구인가요?

지금 가장 존경하는 사람은 누구인가요?

지금도 이루고 싶은 것이 있나요? 어머니 삶의 목표는 무엇인가요?

1년 중 어머니에게 가장 의미 있는 날은 언제인가요?

그날을 어떻게
기념하시나요?

어머니에게 행복이란 무엇인가요?

행복에 대한
어머니의
생각이 이전과
똑같은가요?

달라졌다면
어떻게
달라졌나요?

어머니의 성격 중에서 좋은 점은 무엇이라고 생각하세요?

가능하다면
어떤 점을
바꾸고
싶으신가요?

아직도 배우고 싶으신 것이 있나요?

나이가 드는 것의 장점은 무엇인가요?

어떨 때 가장 즐거우세요?

최근에 가장
많이 웃었던 것은
언제였나요?

어떤 일에 주로 감동받으세요?

....

....

....

....

....

....

어떤 계절, 어떤 달을 좋아하세요?

....

....

....

....

....

....

하루 동안 세상을 통치할 수 있다면 가장 먼저 어떤 결정을 내리시겠어요?

어머니가 나이 드는 사이에 세상은 어떻게 변해왔나요?

엄마에게 친구는 어떤 의미인가요? 우정이란 무엇일까요?

어머니의
가장 친한
친구들에 대해
이야기해주세요.

다른 사람에게서 받을 수 있는 가장 좋은 선물은 무엇일까요?

....

....

....

....

....

....

삶이 고달플 때에 누구에게 의지할 수 있었나요?

....

....

....

....

....

....

어떤 나라에 가고 싶으세요? 왜 가고 싶으세요?

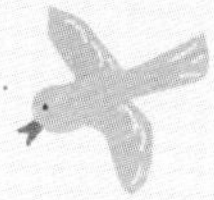

살아오면서 스스로 대단하다고 느꼈던 순간은 언제인가요?

나에게 이야기해주실 것이 더 남아 있나요?

더 남기고 싶은
기억들, 이야기들

나에 관한
이야기

내가 했던 선택 중에서 어머니가 가장 자랑스럽게 여긴 것은 무엇인가요?

....

....

....

....

....

....

....

나를 키우며 배우신 것이 있나요? 깨닫게 된 것은 무엇인가요?

다시 옛날로 돌아간다면 나와 무엇을 가장 하고 싶으신가요?

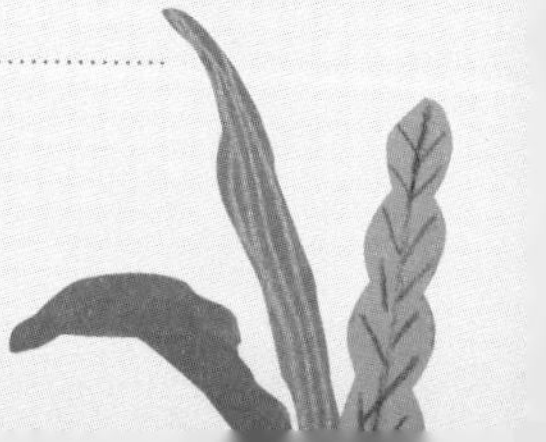

어머니와 나 사이에서 좋은 영향을 주고받은 것이 있다면, 그것이 무엇일까요?

그런 기회를 더 많이 가지려면 어떻게 해야 할까요?

나에게 궁금한 것이 있나요? 궁금하지만 차마 묻지 못했던 질문이 있나요?

....

....

....

....

....

....

내가 어떻게 살기를 바라나요? 내가 어떤 사람이 되면 좋겠다고 생각하세요?

....

....

....

....

....

....

더 남기고 싶은
기억들, 이야기들

추천의 말

엄마는 어릴 적 내 모든 질문에 대답을 해준 사람입니다. 하늘은 왜 푸른지, 나무는 밤에도 자라는지, 우주에는 끝이 있는지. 그리고 나의 하루에 대해 너무나 궁금해했던 분이기도 하지요. 오늘 학교는 어땠는지, 친구들과 사이는 좋은지, 무슨 꿈이 있는지. 그런데 나는 엄마에 대해 물어본 적이 있었던가요? 엄마, 엄마는 어떤 사람인가요?

우리에게 가장 중요하면서도 우리가 너무나 알지 못하는 존재, '엄마'는 우리 인생에서 가장 커다란 신비일지도 모릅니다. 『마더북』은 엄마에 대해 꼭 필요하고도 중요한 질문들을 담고 있습니다. 엄마는 어렸을 때 어떤 장난감을 좋아했나요? 자기만의 방을 가진 적이 있나요? 1년 중 어떤 날을 가장 좋아했나요? 나이가 들면서 돈에 대한 생각이 어떻게 바뀌었나요? 내가 엄마를 가장 기쁘게 해드린 일은 무엇이었나요? 이 다정하고 소소한 질문과 대답 끝에 우리는, 엄마라고 하는 가장 소중하고 흥미진진한 책의 주인공을 새로 만나게 될 것입니다. 그리고 새롭게 엄마를 알아가는 여정이 곧 나 자신을 새롭게 알아가는 과정이라는 것도 깨닫게 될 것입니다.

—정서경(시나리오/드라마 작가, 영화 「친절한 금자씨」, 「아가씨」, 드라마 「마더」 외)

책을 펼치자마자 '어머니의 86년 삶'을 제대로 생각해본 적이 없다는 걸 깨달았습니다. 나의 어머니는 어디서 태어나셨을까요? 일제강점기에 태어나 17살에 전쟁을 겪으며 푸른 꿈을 펼쳐보지도 못한 채, 삶의 무게를 감당해야 했을 때, 어머니는 어떤 힘으로 견디셨을지 나는 생각해보지 않았습니다. 치사랑이 없다지만 너무하다는 생각이 들었습니다. 그걸 깨닫게 해준 『마더북』에 감사드립니다.

마음을 '쿵' 하고 건드리는 질문들이 어머니의 이야기를 이끌어내면
좋겠습니다. 어머니에 대한 기록은 내 삶의 이야기이기도 한가 봅니다.
어머니의 진짜 이야기를 듣다 보니 오히려 나의 힘겨움이 하얀 구름
조각처럼 가벼워짐을 느낍니다. 세상 모든 어머니들이 자신의 삶을
기록하고, 그 이야기가 엄마가 된 딸에게, 또 그 딸에게로 이어져가기를
소망합니다. 세상 모든 어머니께 감사드립니다.
—이임숙(맑은숲아동청소년상담센터 소장, 『엄마의 말 공부』 외)

엄마를 잘 아는 딸, 엄마를 이해하고 돕는 딸. 서른이 다 되도록 굳게 믿고
있던 '내가 보는 나'는 철모르는 딸이기에 가능한 착각이자 오만이었다.
한 아이를 낳고 기르는 엄마가 되어서야 비로소 나는 깨달았다. 엄마의 모든
일상과 시간, 엄마가 느끼며 쌓아왔을 감정과 상처, 추억과 시련. 나는 그
무엇도 알지 못했다. 감히 상상조차 하지 못했다. 한 아이의 엄마가 되어
살아간다는 것이 어떤 것인지, 그게 어떤 삶을 의미하는지. 나는 엄마의
삶을 모르는 딸이었고, 무려 30년이 지나서야 나의 무지를 자각했다.
아이를 낳고 기르는 하루하루를 살면서 아이를 낳고 길러왔을 엄마의
하루하루를 더듬어가면서도, 아이를 낳고 기르는 하루하루의 고단함
속에서 뒷전으로 밀려버린 엄마와의 시간이 쌓여갈 무렵. 나는 물음표로
가득한 책 한 권을 받아 들었고, 책 속의 질문 앞에서 휘청거렸다. 마지막
페이지, 마지막 물음표를 보고 꺼내든 전화기, 그리고 건넨 한마디. "엄마,
이번 주말에 뭐해? 우리 둘이 여행 갈래?"
—김슬기(작가, 『아이가 잠들면 서재로 숨었다』 외)

MEMO

MEMO

마더북

1판 1쇄 찍음 2019년 4월 22일
1판 1쇄 펴냄 2019년 4월 26일

지은이 엘마 판 플리트
엮은이 반비 편집부
펴낸이 박상준
펴낸곳 반비

출판등록 1997. 3. 24.(제16-1444호)
(우)06027 서울특별시 강남구 도산대로1길 62
대표전화 515-2000, 팩시밀리 515-2007

한국어판 ⓒ (주)사이언스북스, 2019. Printed in Seoul, Korea.
ISBN 979-11-89198-64-0 (03850)

반비는 민음사출판그룹의 인문·교양 브랜드입니다.
블로그 http://blog.naver.com/banbibooks
인스타그램 http://www.instagram.com/banbibooks
페이스북 http://www.facebook.com/Banbibooks
트위터 http://twitter.com/banbibooks